POESIAS para APAIXONADOS

antologia

organização de
LORENA DA COSTA

CB060211

lura

APRESENTAÇÃO

Olá, leitor, tudo bem com você?

Que bom te encontrar através destas páginas. Espero que se apaixone por elas assim como eu me apaixonei ao fazer a escolha de cada verso, estrofe e poema que aqui se encontram.

Quando aceitei o convite da Lura Editorial para assumir a organização de *Poesias para Apaixonados*, pensei na dimensão do que iria encontrar pela frente. Porém, como certa vez disse um dos maiores mestres da literatura mundial, Stephen King, "o momento mais assustador é sempre antes de começar". E eu comecei.

Comecei pensando no que seria a essência da palavra "paixão", ou seja, aquele sentimento que ora perturba, ora incomoda, ora aquieta, ora extrapola e, logo em seguida, fiz uso do que levo como sendo meu lema em minha trajetória literária "escrevo para expulsar de mim meus silêncios inquietos". Para mim, a paixão consiste nesses silêncios inquietos que insistem em falar, sempre nos fazendo sonhar, imaginar, idealizar, chorar, se alegrar e, por que não, realizar. E assim, escolhi os vários universos enamorados para dar forma a esta antologia.

Que cada um de nós, e cada um deles, faça com que nossas paixões, principalmente aquela pela arte literária, ganhem cada vez mais maneiras de serem ditas e alcancem novos e infinitos horizontes. Obrigada por estarem comigo nessa jornada!

Portanto, te convido a, assim como eu e todos os outros poetas apaixonados que compõem esta obra, permitir que a intimidade nela exposta possa ir ao encontro de todos os seus sentidos e sentimentos. Leia, sinta, viva, sonhe e realize!

Por último, deixo aqui registrada a minha eterna gratidão aos responsáveis pela Lura Editorial, Aline e Roger, por terem confiado no meu trabalho. Minhas maiores conquistas foram através de vocês! Espero não os ter decepcionado!

Ótima leitura! Vamos todos nos apaixonar!

Lorena da Costa
Organizadora

SUMÁRIO

CHÃO DE ESTRELAS 13
MAR DE ILUSÕES 14
RELÓGIO DO PENSAMENTO 15
SEU ALTAR 16
QUANDO SEU AMOR BATESSE À PORTA 18
    LORENA DA COSTA

POEMA TEU 19
CLARIDADE 21
UM ARAUTO 22
    ALESSANDRA SARAIVA JACINTO DE MELO

DESPROSEIO 23
SEGUNDA METADE 24
    ALESSANDRO JOSÉ PADIN FERREIRA

SONETO DE AMOR 25
EU TE AMO 26
DESEJO 27
MEU GRANDE AMOR 28
    ANA CRISTINA SANTOS

POEMA I 29
POEMA II 30
POEMA III 31
    ANGELA GARRUZI

CURA 32
NA TUA AUSÊNCIA 33
ME ESVAINDO EM POESIA 35
"SONNET D'INFIDÉLITÉ" 36
    BIANCA MORAIS DA SILVA

LÍQUIDO 37
ROTAÇÃO 38
NÃO DEIXE MORRER! 40
CONVITE 42
LOGO ALI 43
    BRUNO BARCELLOS SAMPAIO

ALENTO 44
PODEMOS 46
    CEGINARA

AMOR 48
SAUDADE 49
    CHARLES OTO DICKEL

O AMOR E A DOR 50
AMOR VERDADEIRO 52
    CLEUSA PIOVESAN

COISAS QUE NUNCA TE DISSE 53
SINTO MUITO 55
    DANIELA UMBELINO DA SILVA

PARA MAINHA 56
    GIULIA MACEDO

E A MINHA VIDA ESTARÁ COMPLETA 57
PARA VINHA 59
    GILVIA MACEDO

AMAR	**60**
PAIXÃO	**61**
GIOVANA C. SCHNEIDER	
JUNTOS	**62**
AMANHECE	**63**
QUE FIZESTE COMIGO?	**64**
G. V. LIMA	
SENTIMENTO AO TEMPO	**65**
INCONSISTENTE	
LUZ	**66**
CONFISSÃO	**67**
CANTIGA DE NAMORADA	**68**
VERSOS DE AMOR A DISTÂNCIA	**69**
JIMMY CHARLES MENDES	
EM DIAS DE CHUVA	**70**
DESMEDIDA	**71**
DEVANEIO	**72**
JOICE ROSA	
MACHADO DE AMOR	**73**
ETERNA TARDE DE DOMINGO	**74**
JOYCE LAUDIAS	
É TEMPO DE AMAR	**75**
JUHLAZARINI	
ATALHOS	**77**
INVERSÕES	**78**
GUERRAS	**79**
JULIANA INHASZ	

ÁGUAS TURVAS 80
QUANDO O SILÊNCIO DIZ TUDO.. 81
    KLEYSER RIBEIRO

TRAVESSIA.. 82
AMANTE 83
    GARBO NAEL

POESIA I 84
POESIA II 86
    LEIDIANE CONCEIÇÃO LIMA

AMOR DE UM DIA... 87
    LUDMILLA GESSICA TOSONI SOUZA

PRESENÇA 88
    HELOÍSA M. ÁLVARES

O AMOR É UMA PALAVRA DE QUATRO LETRAS 89
    MARCELO FROTA

MEMÓRIAS DE DHORES 94
HAIKAI.. 96
    MARCELO TECEDORA

QUANDO EU CONHECI A SAUDADE 99
FANTASIA..100
LUA...101
    SALETE LAURENTINO

SONHO..102
POEMA II...103
POEMA III..104
POEMA IV 105
    MATEUS MARTINS

DE RASPÃO **106**
DUPLO SENTIDO **107**
POR PURO PRAZER **108**
NÓS **109**
    MEL ABIB

ENTRE O METAL E O CONCRETO **110**
    PAMELLA DE PAULA

ESSENCIAL **112**
RITUAL **113**
    DANIEL ROCUMBACK

O QUE É O AMOR **114**
    ROBERTO SILVA

POESIAS DA ORGANIZADORA

CHÃO DE ESTRELAS
Lorena da Costa

Você me deu
Um chão de estrelas
Para que eu suportasse
Te encontrar somente no céu.

Céu de devaneios, anseios e desejos
Desses que, na verdade, eram somente meus
Meus, com sua demora.
Meus, sem saber que foi embora.

Chão de estrelas caídas
Chão de horas sofridas.
Chão de lágrimas contínuas.
Chão de espera sem volta.

Estrelas te recebendo
Estrelas me dando alento
Estrelas te dando todo o brilho
Sem saberem o quanto te aprecio.

MAR DE ILUSÕES
Lorena da Costa

Eu me vi sozinha
Singrando no mar de ilusões
Que foi o seu amor por mim.
Ilusão de que seu pensamento
Navegava ao encontro do meu
Quando, na verdade,
Nem um segundo me pertenceu.
Ilusão de que seu coração
Remava ao encontro do meu amor
Quando, na verdade, ele só veio me trazer a dor.
Ilusão de que a sua vida
Se ancoraria à minha
Sem saber que nem a outros mares
Ela mais pertenceria.
Você foi meu marinheiro
Nesse mar revolto de amor
Deixei que fosse meu timoneiro
Porém guiou-me ao *iceberg* da dor.
Quis nadar contigo
Até encontrarmos um cais
Ao que você respondeu, sorrindo:
— Esse destino é só meu, de ninguém mais.

RELÓGIO DO PENSAMENTO
Lorena da Costa

Houve o tempo para nós dois
E o meu relógio do pensamento
Resolveu parar justamente lá.

Nas horas das conversas sem demora
Nas horas das promessas de não ir embora.
Nas horas que você me pertencia.

Nas horas que minhas noites não eram vazias
Nas horas que meu coração se aquecia
Porque você nunca me esquecia.

Nas horas que as confidências trocadas
Nas horas em que me sentia a mais amada
Mesmo que, do outro lado, me sentisse despedaçada.

Esse tempo passou voando
Você se foi, eu fiquei só e em prantos
Esse relógio do meu pensamento
Marca as suas horas a cada momento.

SEU ALTAR
Lorena da Costa

Eu construo um altar chamado alma
E nele te absolvo de todos os seus pecados

Te absolvo por não ter me amado
Mesmo sabendo que eu sempre quis estar ao seu lado

Te absolvo da sua luxúria
Pois meu corpo entregue
Foi somente pela vontade de ser sua.

Te absolvo da sua gula
Pois provar dos seus beijos
Foi meu mais doce encanto.

Te absolvo da sua ira
Pois em minha inquietação
Foste eterna mansidão e calmaria.

Te absolvo da sua avareza
Pois para a pobreza do meu coração
Te ter ao meu lado era a maior riqueza.

Te absolvo da sua inveja
Porque gostaria de ser quem tem o privilégio
De ter tido o seu amor por mérito.

Te absolvo da sua preguiça
Porque sei que mesmo você indo embora
Jamais irei tirá-lo da minha vida.

Te absolvo da sua soberba
Para a minha completa inadequação
Você foi a mais pura perfeição.

QUANDO SEU AMOR BATESSE À PORTA
Lorena da Costa

Se seu amor batesse à porta hoje
Talvez eu dissesse que meu coração
Perdeu a chave, ou o deixaria entrar
Para arrumar a bagunça que causou.

Bagunça de sentimentos contidos
Bagunça por não ter resistido
Bagunça por ter cruzado o meu caminho
Bagunça por não saber nosso destino.

Destino esse que me pregou uma peça
Dessa que só a saudade me resta
Seu amor batendo na porta e dizendo que fica
Tornou-se pra minha vida a grande utopia.

Algumas portas eu deixei fechadas
Por outro amor não me vejo fascinada
Nosso segredo guardei a sete chaves
Do nosso amor só vivi a metade.

POESIAS SELECIONADAS

POEMA TEU
Alessandra Saraiva Jacinto de Melo

Teus olhos a me sondar,
Tuas mãos a me guiar.
Tu que me ensinas em cada distância vencida,
Que não há limites para amar,
E que a eternidade é o nosso lugar.
Por quantos mares já naveguei,
Em quantas terras me aventurei.
Pois tudo novamente faria na certeza de que ao teu lado estaria.
Quantas provações vencidas,
Enquanto o meu amor por ti se fortalecia.
Amor maior de todas as minhas existências.
Entrego de bom grado todo o ouro por mim conquistado,
Se me for concedido estar eternamente ao teu lado.
Enquanto mares eu navegava,
Transformando a dor da saudade em pura poesia,
Em meus sonhos os teus sonhos eu percorria,
sem ter pressa de partir.
E assim, minha vida seguia, fazendo do
passar dos dias uma eterna fantasia.

Nesse mar,
Crepúsculos anunciam noites de mar
bravio, fazendo-se dia em plena escuridão.
Tormentas são vividas,
Tempestades são vencidas.
Até que a vibrante Aurora trará nos raios de um sol ainda mais radiante a esperança que me possibilitará transpor os limites do tempo e da minha própria existência e me trará VOCÊ!!!

CLARIDADE
Alessandra Saraiva Jacinto de Melo

Daria uma parte de mim por teus pensamentos.
Percebo o sagrado que habita em ti todas as vezes que meus
olhos encontram a luz que emana dos teus.
Enquanto te entrego minha devoção,
Percebo um universo poético em expansão.
Quando tua luz traduz em claridade o que ainda não consigo ver.
Quando percebo tuas delicadezas e sutilezas abrirem
meus caminhos.
Quando o teu amor me concede alcançar as mais raras emoções.
Seja você,
Colo que me acolhe,
Abraço que me envolve,
Amor que me devolve,
Território santo onde me é
concedido o sagrado direito de amar sem limites.

UM ARAUTO
Alessandra Saraiva Jacinto de Melo

Saudade é sentimento inerente à condição humana

É território onde nos reconhecemos capazes de amar.

Sentir saudade é perceber a falta que o outro faz em nossa vida

É condição primeira para medir a intensidade de nossos sentimentos.

Aos que nunca sentiram a dor de uma saudade eu posso afirmar, ainda não sabem o que é amar.

Saudade é dor no peito que só alivia na certeza da chegada.

Todas as vezes que nosso querer ultrapassar os limites de nossos pensamentos e o amor não couber mais no abrigo de nossos silêncios, nos tornaremos seu arauto.

E se o amor te escolher, receba-o como dádiva

Amor é Dom Sagrado e intransferível, que nasce em você e por você.

DESPROSEIO
Alessandro José Padin Ferreira

Sintetizo
O floreio
Desproseio
A canção

Descanso
A palavra
Suspendo
O perdão

É só vento
Mansidão
Calmaria
Ilusão

Tempo vem
Tempo vai
Teu silêncio
Meu coração

SEGUNDA METADE
Alessandro José Padin Ferreira

Na segunda metade da vida
Se me permite Deus que eu conte
Quero ser poeta.
Na primeira metade, feito pateta
Fui refém dos dias
Das contas, compromissos
Causas perdidas

Mas versejar não é uma causa perdida?
Diria o síndico da seara alheia

Responderia eu, com certa ironia
Que alguém precisa brindar o Sol
Ver a vida com olhos de rouxinol
E curar como um velho palhaço
A dor que não tem vacina.

SONETO DE AMOR
Ana Cristina Santos

A primeira visão que tive dos teus olhos nos olhos meus.
Perdi meus sentidos nos jardins, no meio das flores desabei.
Senti labaredas de fogo saírem do meu corpo.
Seus olhos me encantaram, foi fascinação, ou uma doce ilusão?
Garoto do campo, de onde tiraste tanto encanto?
Seu olhar negro revelou todos os seus segredos,
Meu amor faceiro,
Você roubou o meu coração, que já era todo seu.
Sua alma me devolveu seu olhar puro e sincero, era tudo que eu quero.
Suas seguranças guardam na lembrança
De um dia ensolarado, quando nos beijamos pela primeira vez.
Foi amor de verão, foi loucura ou paixão, eis o mistério.

EU TE AMO
Ana Cristina Santos

Eu te amo! Porque te amo, e o amor não há explicação
Ele invade o peito e faz morada em nosso coração
É o sentimento mais terno, puro e simples, que vem do fundo da alma
O amor é um estado de graça, é o encantamento, é um simples gesto, uma flor
Em algum momento, chega a ser um tormento
O amor é o mais puro sentimento, não tem idade, raça, crença ou cor
O amor é colorido, faz do nosso mundo muito mais florido
Eu te amo porque não amo o bastante ou demais,
Amo o suficiente para lutar por nosso amor
Por ti sou capaz de admirar as simples coisas da vida
Contigo não tenho pressa em amar sem medida
Sem medo do amanhã ou da partida.

DESEJO
Ana Cristina Santos

Desejo de ser eternamente amada
Desejo ser sua eterna namorada
Desejo ser seu calor no frio
Causar-te temores e calar frio
Desejo ser a flor do seu jardim
Ao som de um violão te recitar versos
Olhar o céu estrelado e todo o Universo
Viver esse momento de pura emoção
Com um belo sorriso segurar a sua mão
Neste fogo da paixão seu doce olhar me aquece
Foi Deus quem mandou você, vê se nunca me esquece
Quem eras tu que vivias sempre triste e sozinho?
Agora anda sorrindo, voando como um passarinho.

MEU GRANDE AMOR
Ana Cristina Santos

Meu Deus, hoje estou contente.
Gotícula de chuva lavou a minha alma
Tudo de repente ficou lindo!
A relva, as flores, quanto encantamento,
Nem mesmo sei dizer por que estou assim nesse momento,
Mas é sua presença que me deixa em estado de êxtase
Faça chuva, ou faça sol, sua presença me transborda paz.
E com você não me sinto sozinha jamais.
O meu caminho com você é iluminado, quero-te sempre ao meu lado.
Nos seus braços encontro abrigo, e fico protegida do perigo.
Você é minha estrela, minha pétala de flor.
Você é meu grande amor.

POEMA I
Angela Garruzi

Sol pela fresta
Raios que fazem festa
que deixam tudo quentinho...

Carinho gostoso
que aconchega
É um sentimento que chega
e penetra devagarinho...

Tomando conta
de todo o ser
Dando encanto
ao viver...

(Talvez tu nem saibas, mas teu olhar é como o Sol...)

POEMA II
Angela Garruzi

Me perdoa porque
de repente te amei
porque esperei os teus
beijos
porque quis teu abraço

Me perdoa porque
de repente sonhei
porque alimentei meus desejos
porque esqueci meu cansaço

Porque nos teus olhos vi o sol
Vi a força no teu ser

Porque tive vontade de me restaurar
E quis continuar a viver

Me perdoa porque não sou só amiga
Mas é impossível não te amar,
não te gostar

POEMA III
Angela Garruzi

Olhos
que prometem
que penetram
invadem todo o meu ser

Olhos
que convidam
que chamam
me dizem, vem viver...

Olhos
que brilham tua energia
que me dão esperança, alegria...

Amado olhar
que toma meu segundo
que me faz sonhar...

CURA
Bianca Morais da Silva

Eu não quero me desapaixonar.
Eu quero seguir na doce embriaguez da espera – talvez por nada –,
de não saber o que me aguarda,
de não saber o que sentes na alma resguardada...

Quero seguir nessa dança tortuosa,
apelando para uma fantasia caprichosa,
te desejando de forma voluptuosa...

Com tua pele na minha quero atrito
Tua boca desejo novamente beijar
Nos meus sonhos o teu nome eu grito
Com teu (im)possível amor sigo a sonhar

Na tua ausência me irrito
Sozinha com a dor
Penso que posso, sim, te amar

NA TUA AUSÊNCIA
Bianca Morais da Silva

Na tua ausência
Fico a me entreter com outros corpos
Da tua vinda a iminência
Me põe distante do mundo, entornando copos
Me perco e minha alma jaz na persistência
Numa estrada de dura interminável penitência...

Ensaio um verso de despedida
Ainda ansiando teus beijos e tua mão
Algo dentro de mim não supera tua ida
Me deixa, antes, te contar da minha paixão

Sei bem que não tenho qualquer medida
Sei que é demasiado questionável o que sente meu coração
Sei que mal te conheço ainda
Sei que já se passou o verão

Talvez não queiras ou sequer tenhas pensado em fazer parte de minha vida
Talvez seja loucura momentânea, parva emoção
Mas não quero me despedir, não ainda
Não enquanto não souber de ti, se sim ou se não
Não sem te entregar esse louco coração

O que fizeres dele, bom proveito
Seja ele como teu lixo ou teu pão
De qualquer maneira, já sofre aqui no peito
E ao mesmo tempo, na palma da tua mão.

ME ESVAINDO EM POESIA
Bianca Morais da Silva

Me esvaindo em poesia
Perdendo a noção do tempo
Quero ser tua alegria
Memórias minhas jogadas ao vento
Quero teu corpo noite e dia
Meu coração segue partido ao relento

Me esvaindo em desejo
Torturando corpo e mente
Sinto falta do teu beijo
Te venero eternamente

"Luz da minha vida" –
O velho poeta diria
Por ti sairia em eterna partida
A ti corpo mente e coração entregaria

Razão eterna do meu suplício
Eu te amo com medo
Meu eterno e adorável vício,
Eu te amo em tortuoso segredo!

"SONNET D'INFIDÉLITÉ"
Bianca Morais da Silva

Jaz aqui este corpo nu
Aflito, febril e abandonado
Ora meu bem, porque não vens tu
Com tuas mãos tirar de mim este fardo?

Grito teu nome todas as noites
Por tua loucura eu clamo
Meu corpo na tua presença entra em êxtase
Madrugada a dentro, teu nome eu chamo...

Maldita moléstia que me ataca
E por ti palpita esse teimoso coração
Porque teu corpo num abraço não me ata?
Tua subjetividade arde nessa paixão...

Arranca de mim um beijo
Rouba-me a paz
Abre meu peito e toma meu coração
Que por ti bate, louco e voraz
Teus olhos despertaram a perdida emoção
Que na imensidão desse peito agora jaz
Abraça-me, tenha-me, ama-me
Caso ainda sejas capaz...

Ou mata-me, subjetivamente no esquecimento
Que este coração, por ti, não bata mais.
(Julho de 2013)

LÍQUIDO
Bruno Barcellos Sampaio

Tinha uma goteira de amor
no teto do meu peito.
Pingava, obsessiva.
Molhando vagarosamente,
em ritual, o interior do coração.
Tentei balde, transbordou,
Subi no banco, me alcançou,
Tentei a razão, se afogou.
Então, arranquei a cobertura.
Não mais gota.
Esgotei. Enxurrada.
Deixei entrar.
Me olhar.
Molhar.
Mergulhar em mim.
E de repente, choveu.
Nem mais ela, nem menos eu.
Chuva-eu.

ROTAÇÃO
Bruno Barcellos Sampaio

Por diversas vezes refiz em minha mente o caminho até a sua casa.
Desconstruí as frases, vírgulas e pontos que usamos em tantas conversas.
Deixei que fossem decoradas.
E partes de mim ganharam seu tom.
É um grande exercício ajustar os ponteiros.
Ajustar o ritmo, pausar anseios, frear expectativas.
E nesse período, tive que me posicionar de diversas maneiras dentro desta trajetória.
Aprendi a lidar com o silêncio.
Com o barulho.
E a construir castelos e sons em cima de roteiros escritos apenas por minhas mãos.
Esperando a combinação com a sua.
Achei engraçado você pular dos meus lábios fugindo de minhas palavras vorazes. Você não queria ter significado dado por mim ou poder ser interpretada por razões e verdades alheias às suas.
Queria ser você.
E achei ótimo.

Sempre bom te ver chegando à terra firme, plantada e crescendo.
Florescer, fazer sombra e ganhar altura e força.
Mas deixou o gosto aqui, o pertencer, o tempero.
E até o céu da minha boca tem estrelas cadentes por você.
No tempo que ficou, fez morada, aroma, versos e se cuidou para não escorregar pela garganta e matar o desejo de ser você, sendo nós.
E no presente, inteira, você visita meus lábios, suave.
E naquele silêncio, é gosto, respiração, moradia interna no vasto coração.
Um respirar lilás.
E agora fica aquele não saber no limite entre o poder ser e o nada.
Até que o acaso se encarregue do novo.
Do encontro.
Do se ver.
Do me ver.
Até que haja força suficiente para se movimentar por si só.
E ao acaso sermos nós dois.

NÃO DEIXE MORRER!
Bruno Barcellos Sampaio

Me encontre no meio da rua,
no estacionamento,
no supermercado,
na corrida,
na saída da escola,
no carro,
na minha casa, na sua,
na cidade vizinha, na China,
no portão ou na esquina.
Me encontre bem vestida,
de chinelo, descabelada,
linda, com cara de cansada,
suada, cheirosa,
pelada, encapotada,
de pijama, japona,
maquiada ou sem filtro.
Me encontre de noite, de dia, de madrugada, à tardezinha,
quando não tiver que fazer nada,
quando estiverem todos dormindo e só você acordada.

Me encontre em segredo, em sossego, pode ser calada,
falante, estressada,
sorrindo, num dia difícil, entediada,
em paz ou esgotada.
Mas me encontre.
De qualquer jeito, como estiver, em qualquer lugar, em qualquer
tempo.
Só não deixe morrer dentro de nós,
só não deixe perder a voz, esse sentimento.

E, no ouvido, é dito,
sem mito,
em sussurro pra não assustar,
que o som mais bonito,
sentido e vivido,
é o do silêncio que faz
a alma dançar.
Dos olhos, um par.
Das bocas, um mar.
Do coração, um lar.

CONVITE
(PARA SENTIR SEU SORRISO A DISTÂNCIA)

Bruno Barcellos Sampaio

Você, de quem foram tiradas as cores,
expostas as dores.
Tons de dissabores
Sentir e paralisar.
Com o tempo passado,
vivificadas as vontades,
os sonhos da idade,
os passos que dará.
De máscara despida.
Ficou tão mais bonita.
Alegre ao me encontrar.
Peço que ao meu lado fique.
Se entregue e acredite.
Caminhe e volte a sonhar.
Te darei a mão, o coração
A mais bela canção.
O toque e o entregar.
E seremos, juntos, dois sonhadores,
pelo restante da vida,
descobrindo o amar.

LOGO ALI
Bruno Barcellos Sampaio

Enquanto não dormia,
Pensava. Pensava muito.
Na vida. Nas coisas. Nas pessoas.
Até que dormia.
Enquanto não dormia,
Me alimentava. Vivia. Estudava.
Até que dormia.
Enquanto não dormia, você apareceu.
Pensava em você. Pensava muito.
Até que dormia.
E sonhava com você.
Enquanto dormia.

Seu corpo conduz meus olhos em dança.
Eu gosto do que faz com eles.
Dita o ritmo. Dilata pupila.
Trava o piscar. Retina retida.
Amar a vista. Até o fim da canção.
Quando eles se põem. E fecham.
Em um beijo seu.

ALENTO
Ceginara

Queria a tua boca inchada pelos meus beijos
A tua pele corada pelo meu desejo
O teu olhar vidrado em mim
Eu queria teus sussurros e gemidos
Teu frenesi contorcido
Vendo nosso universo se expandir
E naquele momento ínfimo
Em que encontro essência, beleza, integridade
Percebo que já não estou aqui
A distância apenas me permite sonhar
E nela moldo-me às curvas
Do teu querer ao me olhar
O que já sei?
Que apenas contigo meu corpo ganha vida
Ao fundir-se novamente a ti
Vibra

Contempla a felicidade, o êxtase e o apego
E onde antes julgava-me experiente
Aprendi que era apenas descrente
Pois jamais havia a verdadeira alma do amor tocado
És pra ti, minha flor
Que renascem meus dias
À espera de tua companhia
Enquanto iludo minha dor
Que castigo mais me assola?
Vejo passar angústia, medo, tormento
Mas o que resta na Caixa de Pandora
Mantém meu alento
Pois sei que por ti sou amado
E me sinto contemplado
Por existir não apenas em teu leito

PODEMOS
Ceginara

Imagina tudo o que podemos ser
Não há nada a esconder
Então me beije para saciar essa fome
Que o medo some

E quando tu acordar
A verdade estará abraçada a ti
Pois nossa história apenas começou
E eu jamais a deixaria partir

Não precisamos hesitar
Nada mais irá nos separar
Então deixe-me envolvê-la
Antes que o impossível aconteça

Há um espaço guardado em meu peito
Apenas preenchido por ti
Tornando o ar que eu respiro em alimento
Para tudo o que ainda podemos nos permitir

Muita aventura, fantasia, sintonia
Uma explosão de sentidos
Que nosso desejo clama
Tomado de esperança

Só te peço que deixe o amor nos conduzir
Pois onde me faltam palavras
Um sussurro surge
Te impedindo de desistir do que está por vir

Então fique comigo
Não deixe que acabe sem antes tentarmos seguir
Juntos
Só assim dá para existir

Eu sei que podemos mais
Nenhuma possibilidade foi perdida
Tu será sempre por mim querida
Suficiente para mais que uma vida

Por isso deixe as dúvidas para trás
E delicie-se nessa entrega
Onde um novo caminho nos espera
Porque eu sempre vou te amar.

AMOR
Charles Oto Dickel

Pensei em você
No amanhecer
A mais bela flor
Vendo o dia nascer.

Seu lindo sorriso
Tem nos lábios o encanto
Um belo olhar
Escondendo um pranto.

O coração apertado
Um sussurro no ar
Nos cabelos um afago
Um momento de amar.
No clímax do amor
Como uma grande explosão
Um lindo romance
No auge da paixão.

Se o tempo passou
Não posso dizer
Te amo para sempre
Razão do meu viver.

SAUDADE
Charles Oto Dickel

Se vejo uma estrela
No céu a brilhar
Lembro de você
Que tão distante está

Desde que você se foi
Fiquei a chorar
Que saudade enorme
Fico a relembrar

Os bons momentos
Que passamos juntos
Estão na lembrança
Mas não foram muitos

Se és uma estrela
Numa noite escura
Nas palavras procuro
Para a saudade uma cura

Se vou encontrar
O tempo vai dizer
Porém da saudade
Não vou mais escrever.

O AMOR E A DOR
Cleusa Piovesan

Dói...
Dói saber que o amor voou,
Sem aviso.
Mas é preciso viver com a dor,
Não sem o amor.
O amor não vai embora porque o relacionamento teve fim.

O amor é assim,
Num instante se transforma,
Assume outras formas
E nos informa
De que viver intensamente,
Cada instante, é o mais importante.

A dor vem acompanhada pela saudade do que foi
E pela esperança do que poderia vir a ser.
Mas é preciso seguir em frente...
E viver.
Viver sem mágoas, purificar-se,
Libertar-se de toda forma de rancor,
Isso também é amor.
E nasce outra forma de amor...
O amor próprio,

Mesmo com o coração sangrando
E a mente parecendo estar sob efeito de ópio.
A felicidade é fugaz
E não pode depender de outrem,
Não pode estar atrelada aos desejos
E às fantasias de ninguém.

A felicidade tem que flutuar
Tem que ser um estado da alma,
Que traga paz e calma,
Que faça cócegas no pensamento,
Para que ele se agite e grite:

– Libertei-me!
Porque aprisionei o sofrimento,
E só vou valorizar os bons momentos.
O tempo não tem marcha à ré,
Mas serve para aplacar a dor
E comprovar que o que vale mesmo
É ter vivido um grande amor.

AMOR VERDADEIRO
Cleusa Piovesan

Não há amor pela metade
O amor tem que ser inteiro
Um elo que não se quebra
A chama que arde junto
O desejo que pulsa e ferve
Que encontra a saciedade
Nos corações batendo iguais
Nos corpos que se completam
No compartilhar de ideais em harmonia
Que torna a vida mais bela
E que se completa na junção das duas metades
Que fazem o amor ser inteiro
Assim somos você e eu
Meu único amor verdadeiro!

COISAS QUE NUNCA TE DISSE
Daniela Umbelino da Silva

Eu amo o seu sorriso
A curva que sua boca faz, seu queixo
Projetado um pouco para a frente
Adoro quando tu faz a barba, ou quando a
Deixa crescer de forma desleixada.

Suas mãos grandes me fascinam
É elas que me seguram quando já não consigo mais ir adiante
O aconchego que sinto quando me abraça
O som da sua voz ecoando enquanto tu me acalma

Amo tudo em você. Até a forma como me deixa com raiva
As brigas que vez ou outra a gente protagonizava

Já disse que adoro o seu sorriso?
A forma como a cor dos teus olhos fica quando está chovendo?
Ah, eu amo tudo em você.
Amo tanto que não conseguirei suportar por mais tempo essa distância
Essa presença em forma de ausência
Esse teu silêncio que diz tudo
Mas não diz o mesmo que o meu

Queria muito ter dito
Quando ainda me restava coragem

Ter ido
Quando ainda tinha força
Ter me esforçado
Quando ainda restava esperança.

O tempo passou
Fevereiro chegou com espinhos e junto com ele
Todo o arrependimento das coisas que
Queria muito ter te dito.

SINTO MUITO
Daniela Umbelino da Silva

Quero a calmaria que sentia ao teu lado
Quero passar as tardes quentes de domingo
Entrelaçados, embalados na rede sem pensar em mais nada

Quero conversas longas, risos contidos
Sussurros ao falar sobre as pessoas
Quero aquela sensação de paz que tu me trazia
Aquela paz que sentia estando ao teu lado
Usar suas camisas, passar teu perfume para que o cheiro dure mais
Pedir para que leias em voz alta
Te abraçar sem ter vontade de largar

Eu sinto muito
Sinto tanto que não consigo conviver com a ideia de não ter você aqui
De não te ter exclusivamente
Eu sinto muito
E peço desculpas por isso
Eu também não sei lidar com esse furacão de sentimentos
Sinto, sinto muito.

PARA MAINHA

De: Linha
Para: Gilvia Macedo

Nem nos sonhos mais profundos,
Nos desejos mais longínquos,
Nos mares mais obscuros,
Nem nas mentes mais sinceras,
Nos cantos mais escondidos,
Em lugar algum do mundo
Há quem me ame como ela.

E nem nos tempos futuros,
Nem com novos conhecidos,
Nem que eu viva em outros abrigos,
Atraque em outros portos seguros,
Nem se um dia eu diga adeus,
Ninguém, nunca, nesse mundo,
Vai me amar como ela
Ou amá-la como eu.

E A MINHA VIDA ESTARÁ COMPLETA
Gilvia Macedo

Não quero nada
De ti,
Senão tu.
Só tu.
E nu.
Obviamente nu.

Não somente sem as calças,
Mas também sem amarras.
Sem disfarces,
Sem duplas faces.

Por outro lado te quero,
Edificado,
Permanecido,
Por mim cantado.
Te quero
Perdido no espaço
Do meu umbigo.

Te quero achado
No instante do meu abraço
Que existo.

Insisto:
Não quero nada.
Senão tu
Tu nu.
Puro
De tudo.
E a minha vida estará completa.

PARA VINHA
Gilvia Macedo

Certo dia,
Cantando,
Sorri seu valor.
Morri de espanto,
Que,
Navegando,
Me tinha de amor.
Não por acaso
Você vinha embrulhado.
Para Vinha.
Como se não soubesse o quanto era amado.
Seu muito me dado
Era o tudo.
Era fato
Consumado.
Da cor da verdade.
No silêncio
Do tempo
Acordado
Quero o minuto de chegar-te.

AMAR
Giovana C. Schneider

Amar é um mistério que enlouquece,
E neste mistério está seu encanto,
Que encanta...
Amar não é fácil,
Não é maleável,
Às vezes reage,
Às vezes se entrega,
Às vezes se perde,
Foram muitos lugares nos quais andei...
Mas, enfim te encontrei.
No começo não me atinei...
Você era a minha metade,
Que se perdera...
E que voltou,
Para me completar por inteira.

PAIXÃO
Giovana C. Schneider

Você apareceu na minha vida,
Transformou os meus dias,
Me fez feliz,
Você foi o motivo do meu sorriso,
A paixão tão esperada,
A luz dos meus olhos,
Mas
Que doce engano,
Que ilusão,
Uma paixão avassaladora,
Uma pena que era só minha,
Pois, não tinha parceria,
Me apaixonei
Sozinha.

JUNTOS
G. V. Lima

Quero nos seus braços poder envelhecer
Ter os meus dias efêmeros ao seu lado
Minha vida consumida em cada amanhecer
Nas manhãs de sol ganhar o sorriso iluminado.

Que meus olhos tenham a última luz do seu olhar
Vendo seus cabelos no tempo embranquecer
E ainda de mãos dadas pela praça passear
Assim, poderei de vez esquecer de te esquecer.

Necessito desse dulçor dos seus beijos
Cair nesses braços que são meu melhor lugar
Fazendo sempre de você meus sonhos.

Não, não me faz acordar se dormindo estiver
Seu amor me faz lembrar você, faz-me descansar
Em toda manhã e noite quero meu amor oferecer.

AMANHECE
G. V. Lima

Tenho o privilégio de vê-la ainda adormecida
Nada mais belo que contemplá-la à luz do dia
Sendo pelos primeiros raios de sol iluminada
Pérola morena da minha vida, feliz companhia.

Amanhece e tudo que desejo é não te acordar
É ser os lençóis que cobrem a carne viciante
Por um momento que seja ao teu lado ficar
E meus olhos te olharem permanentemente.

Quisera não ter nas frestas à clara luz da aurora
Alongar a noite quando nosso amor se saciava
Dos teus doces beijos me alimentava sem hora.

Quiçá pudesse deixar esse sol nascer mais tarde
Quando à noite ardentemente me empenhava
Para desse teu amor me unir com felicidade.

QUE FIZESTE COMIGO?
G. V. Lima

Que tinha aquele teu sorriso de que fui alvo?
Que colocaste no batom sobre os lábios rosados?
Que substância usaste na saliva ao beijar?
Que tipo de matéria-prima é feita a tua boca?
Que fizeste comigo?
Não consigo arranjar minha vida distante da tua
Não entendo nem compreendo meus dias sem teu perfume
Não consigo nem mesmo respirar o ar que não seja teu
Que puseste na minha pele ao tocar com tuas mãos?
Que fizeste comigo?
Dize-me, faz-me saber e morrerei em paz
Minha alma vaga à tua procura desde então
Meus versos falam dessa minha paixão
Meus olhos te desejam encontrar
Minha vida quer somente te amar.

SENTIMENTO AO TEMPO
Inconsistente

Existem pessoas que são como um sonho,
Que chegam com abraços apertados
E resguardam nossos corações.

Que são como os dias que vieram
Perante as noites mais escuras,
Que com simples sorrisos
E olhares mudaram nossos corações.

Sei muito bem! que se um dia
Eu te deixar, meu coração há de doer,
Mas também sei! que sou inseguro
E ciumento pelo medo que tenho de te perder.

Mas você merece muito mais
Do que simples palavras e canções,
Que já não são o suficiente
Para demonstrar tantas emoções.

Eu sei como foi tão difícil entender
Uma mente conturbada que tinha tanto a dizer
E se te amar foi uma das minhas últimas
E possíveis ações.

Saiba que eu carrego
Todo dia dentro do meu peito
Minhas humildes
E sinceras emoções.

LUZ
Jimmy Charles Mendes

À tarde cantava suas mágoas.
E eu ainda te espero...
O vento surdo do meu coração
fatigava pés, a alma, tudo.
Teus olhos faziam cena em
cortinas imaginárias,
enquanto restos de nuvens encobriam
a lâmina indiscreta do sol.
De repente, lábios cor de pressa
reverenciam o mundo
e teu corpo, reerguido em melodia,
surge à medida que
um infinito parece se esconder.
Caía a estampa da noite.
Com ela, a penumbra nítida
das mãos se desvelava.
A timidez vazia de nossas vidas
se cala num conflito de silêncios.
Pouco a pouco,
a lua tornava-se presente
entre carícias e imensidões de pedra.
O tempo corrói o instante.
Eis que surge uma luz
cortando o véu da eternidade
na razão mais simples
de meu vestígio.
E eu ainda te espero...

CONFISSÃO
Jimmy Charles Mendes

Brindarei amor nosso em confissão
irradiando flor presente por cada dia.
Quero tê-la preciosa a completar-me
Serás brisa rara a aquietar meu coração
incerto
e tomarei assim teus sentidos perfumando
sonhos, desejos íntimos.
Contarei teus passos como canção da alma.
refaço-me rio a banhar-te lábios,
louvarei teus braços acalantando o vento.
Da ausência,
prossigo o som de toda tua forma
acolhida em mim.
Através de teus olhos,
decifro a eternidade que nos resta
bastando-me um gesto.
Amo-te como musa enamorada,
essência de minha pele,
encantamento e contemplação
do que há de perfeito no mundo.
Viveremos sempre dois corpos
numa mesma estrela,
num mesmo tempo,
numa mesma confissão.

CANTIGA DE NAMORADA
Jimmy Charles Mendes

Quero tua estrela mais íntima
anoitecendo meus olhos.
Desejar o canto frágil da Lua
ao acolher sussurros e brisas.
Sonho amor guardado em si
revelando-se rio doce,
desabrochar cantiga serena
em teu beijo de namorada.
Serei grato a enternecer tua pele,
acarinhar os dias com a rotina
dos versos,
sentir o tempo se redescobrir
na calmaria da distância.
Quero teu jardim,
tua lágrima,
tua alegria a desbravar meus sentidos.
Quero te tocar ao eterno,
nascer de novo
no segredo mais inquieto
que procuro,
intencionalmente,
no despertar de teus braços.

VERSOS DE AMOR A DISTÂNCIA
Jimmy Charles Mendes

Queria escrever um poema de amor
daqueles em que o coração pulsa
renascido entre infinitos
e eternos.
Queria construir versos de olhos entrelaçados,
mãos atentas,
que decorem uma palavra
inconsolável.
Mas não consigo.
Há uma canção solitária,
envolvida em meus sonhos,
onde destinos se cruzam
a distância,
onde cada céu se espanta
com pedacinhos de segredos
intermináveis.
A vida é um grande poema de amor.
Não precisa fazê-lo.
Basta recitar o Sol
como forma de brindar o mundo,
nos dias em que espero
não te esquecer
entre resquícios de esperanças
frias e iludidas.

EM DIAS DE CHUVA
Joice Rosa

Cinzento céu anuncia
Que o amor é a única poesia.
Cada palavra no vento,
Prelúdio das gotas
de chuva que caem.
Elas molham as promessas
Segredadas,
elas refrigeram a alma
apaixonada.
Não há cenário nublado
que não se renda ao amor
Eles ali parados
mãos quase unidas...
não sabem ainda,
mas serão um do outro.
Assim, debaixo de chuva,
nasce um amor.

DESMEDIDA
Joice Rosa

Me apaixonei
Como quem comete um delito
Senti meu corpo ansiar
Nos poros, nas veias, cada pulsar
Me apaixonei como quem sente a maresia
Inebriada e encantada com o mar
Me apaixonei como quem dança
Liberta de todas as amarras
Feito brincadeira de criança
Me apaixonei sem medida
Sem porto para atracar
Me lancei nos seus braços
Sem reservas, sem promessas,
Só pelo deleite de amar.

DEVANEIO
Joice Rosa

Me desfaço
Me inquieto
Me procuro
Tormento é não saber o futuro
Nem tão pouco o agora me revela
Sou pó da estrada que não pisei
Sou solidão que já nem sei
Me perdoo
Me acolho
Me relevo
Amargo sob o céu de estrelas
Na boca
Sou noite adentro
Perdida em cada pensamento
Fuligem poética que não li
Me encontro
Me apaixono
Me entrego.

MACHADO DE AMOR
Joyce Laudias

Estava andando por um caminho estreito
Mal sentia os ares entrando
Estava espremida por um amor mal curado
Então você chegou com seu machado de amor
quebrou as paredes que me sufocavam
Agora meu caminho é largo
Eu posso respirar novamente.

ETERNA TARDE DE DOMINGO
Joyce Laudias

Eu estava deitada em você
Enquanto uma música tangia
E embora eu não me recorde se era Sérgio ou Belchior
Eu me lembro de te acarinhar com o olhar
E pedir a todos os deuses existentes
Que por um momento
Pausasse o tempo
Para eu morar eternamente em você
Mesmo que o eterno fosse aquela tarde de domingo.

É TEMPO DE AMAR
Juh Lazarini

Um século a vagar
A procurar por quem amar.
Um século a andar vagando...
A vagar por ti... esperando!

Um século a divagar pensamentos,
Jogados ao tempo por ti clamando.
Um século a gritar ao vento!
Por um alento derradeiro...
Onde mora teu doce paradeiro?

Um século somente!
A apreciar a brisa,
na esperança idílica
de sentir teu cheiro.

Um século a orar
Aos santos para ter
A graça do teu encanto!

E quando tu chegas!
Não há mais tempo a contar!
Paixões levam tempo de vida
E terminam antes de começar.

Amores não contam tempo
O tempo parou aqueles
Que a vida deu o dom do amor!
Contando o tempo estão ainda
Aqueles a quem o amor não encontrou!

ATALHOS
Juliana Inhasz

O rastro dos teus olhos
Criou
Caminhos
Onde eu
Só via
As principais vias...

Depositou
Reticências
Sobre as minhas
Certezas,
Leveza
Sobre inúmeras
Exclamações.

Teus olhos,
Atalhos,
Linhas paralelas,
Entre o teu
E o meu ideal.

Teus olhos,
Atalhos,
Retas concorrentes,
Entre a tua
E a minha boca
Reticentes...

INVERSÕES
Juliana Inhasz

Linhas
Nas entrelinhas,
Minhas inversas
Impressões...
Nos teus olhos,
Os meus versos
De inverno
Nos seus verões...
Eu
Descrita
Nas minhas inúmeras
Versões...

GUERRAS
Juliana Inhasz

Um instante
Um acaso
E teus olhos
Promoveram guerras
Entre vaidade e resignação,
Liberdade e solidão.
Resumiram,
Engenhosos,
A saudade que eu sinto
Do que nunca vivi.
Teus olhos
Roubaram de mim
Um mundo
Que nunca foi meu...

ÁGUAS TURVAS
Kleyser Ribeiro

Evaporaste sem saber que eras
A única gota da primavera
Na estação que eu tanto admirava
Sem perceber que eu ainda te amava.

Foste embora sem qualquer despedida
Tuas promessas viraram mentiras
Deixaste-me à deriva no oceano
Matando os meus sonhos e os meus planos.

Seguiste o caminho das águas turvas
Mesmo sabendo que eras tão pura
Te perdeste nas nuvens entre o Sol.

Viveste a bonança de ser lagoa
Até virar chuva que chove à toa
Cortando meu peito feito um cerol.

QUANDO O SILÊNCIO DIZ TUDO
Kleyser Ribeiro

Abaixo dos olhos serenamente fechados
Um pequeno recado sob a forma de sorriso
Não só cativante, mas também tão sensato
Sem dizer nada, exalava conforto e abrigo.

Pedia para que eu não fosse embora cedo
Em meio ao silêncio, contava mil segredos
Emanava paixão na transpiração dos lábios
Transmitindo emoções em suspiros calmos.

Abaixo dos olhos e também abaixo da roupa
Havia a sensação de que tudo valeria a pena
Até jogar-se em queda livre no céu da boca
Para voar no azul-celeste da paixão plena.

Pedia para que eu nunca lhe esquecesse
Como se eu fosse capaz de deixar para trás
Quem mudou minha vida da água para o azeite
E transformou meus tormentos em dias de paz.

TRAVESSIA
Garbo Nael

Não te amo simplesmente por te amar
Não te quero a ponto de não te querer mais
Te amo como se o amor do poeta desfigurado fosse
Transcendendo todos os devaneios tingidos no papel
Esta é a minha mais simples e pura realidade
Amo quem tu és, tudo o que fazes
Amo tudo aquilo que emana do teu ser
Cristalino e genuíno jeito de ser
Muito mais do que o vigor das tuas *colinas cor de aveia*
Amo a sutileza do teu olhar majestoso
A rijeza da tua voz andante
Muito mais do que o ardor da tua *rosa de fogo umedecido*
Amo a fortaleza do teu abraço
O desassossego vivacíssimo dos teus *dedos peninsulares*
E à medida que o teu amor me *consome
as luzes de janeiro a janeiro*
Avultam no meu íntimo resplandecentes
lampejos de desejos submergidos
Aguardando impacientemente por nova
travessia noturna
A desfolhar o bosque macio da tua
sublime essência
Onde nos tornamos imponentes
soberanos do nosso hesitante
universo de delírios!

AMANTE
Garbo Nael

Ainda que desconhecidos por ti
Os sentimentos que habitam o meu íntimo
Ou obscuro o nascedouro imaculado
Onde afloram os meus mais sinceros anseios
Sigo os dias a refletir ao mundo
Toda sorte de desejos e paixões que
Num rebento sem fim obrigam-me ao teu encontro
Amálgama sublime tão mais desejada
Quanto mais fecunda torna-se a
União dos nossos segredos, enredos, rochedos, medos
Permito-me respirar os resquícios dos teus suspiros atrevidos
Absorvendo cada sopro queimante nativo da tua alma viajora
Como que a nutrir-me de ti
Inebriando-me com o calor, ardor, fervor resultante
Do teu estado febril de amante
Que com tamanho furor impele
A perfeita comunhão das urgências que nos ocupam o peito
Despindo-me de toda e qualquer furtiva intenção
Desnudando-me
Acolhendo-me vigorosamente em teu oceano
tempestuoso de amor
Onde, sem poder mais resistir, deixo-me singrar livremente
Sem as amarras imperiosas da razão
Sem ilusões ou disfarces, sem amanhã.

POESIA I
Leidiane Conceição Lima

Se eu soubesse que seria nosso primeiro
encontro e também o único
Teria me desvendado mais pra você
Teria menos medo de me entregar
Mais liberdade em te tocar, te desamarrar de nós passados

Se eu soubesse que aquele beijo que me dera não mais receberia
teria demorado mais em largar teus lábios dos meus, teria morado por mais tempo dentro do aconchego dos teus beijos

Se eu soubesse que não mais teria teu abraço e que não mais ficaríamos juntinhos deitados sobre o descobrir de um sentimento verdadeiro e bonito
teria feito teus braços de casa de aluguel e teria assinado contrato por tempo indefinido
Se eu soubesse que não mais te olharia frente a frente de perto teria me demorado mais em te ler tão profundamente, faria residência pra sempre em teu olhar, não permitiria teu olhar do meu se afastar

Se eu soubesse que não mais sentiria teu corpo nu sobre o meu
Teria fincado meu corpo no teu numa velocidade mais densa e lenta só pra te sentir mais intensamente e te fazer sorrir ainda mais ao se deliciar sobre a explosão do meu querer, te querer
Teria me destrancado pra você
Permitido a tua entrada e o teu permanecer

Se eu soubesse que você seria só mais um parágrafo de um dos muitos textos que contam a minha história
Eu teria deixado pra te desenhar sobre as linhas que me dissertam apenas no final do meu conto e sempre arranjaria um jeito de te escrever mais e mais só pra não colocar ponto final em você.

POESIA II
Leidiane Conceição Lima

Tu é pra mim inspiração
Poemas versos e canção
Tu é pra mim felicidade
Perto ou longe da cidade
Tu é um anjo cheio de luz
que nessa estrada linda
me conduz e me faz querer ficar
me faz continuar a sonhar
e nos teus braços querer morar

Tu é coração lindo
Por quem eu me apaixonei
Alma cheia de infinitos
Tão lindo e perfeito
que até duvidei
Tu é a verdadeira pérola
que tive a sorte de encontrar
Talvez quem sabe a aquarela
com todas as cores do que é amar.

AMOR DE UM DIA
Ludmilla Gessica Josoni Souza

Você já teve notícias do amor de um dia?
Desses que você olha, sente, toca, lambe
Tudo num dia
Mas veja, não é apenas um dia de amor
É amor no mesmo dia
Ali, no toque, no olho, esparramado no lençol
Não conhecia esse amor
Numa destas noites, em que ele não era esperado
Que dirá ser convidado
Nessa noite, ele me subiu pelas pernas
Tomou-me as entranhas, sem cerimônia
Ele subiu, dilui-se nas bocas, se entregou pelos olhos
Pelos meus, acho, nos outros olhos, não sei
Porque há ainda esse amor, esse que não se troca
O que nasce e morre contigo
Pode ser num dia, dois ou três, mas morre
Porque assim como o outro amor, aquele de vários dias,
De tantos tempos
Esse, quando não se troca, morre.

PRESENÇA
Heloísa M. Álvares

Tua presença me adentra como um fantasma.
Te toco, te sinto.
Parece que estás comigo.

Todos os perfumes são o teu.
Teu cheiro doce, tua presença constante.
Tua presença ausente,
Que entra por minhas narinas e me invade.

Só sei do amor que sinto.
Teu corpo no meu corpo. Constante.
Escrever é mecânico. Pensar em ti é sublime.
Já não mando em meus pensamentos.

Parece que te vejo.
Posso tocar-te.
Estás diante de mim.
Me invades.
Porque és senhor de mim.
Tens meu corpo, minha vida, minha alma.
Tens a mim.
Sinto o calor dos teus beijos.
Tua boca em mim.
Teu corpo.

Estás comigo.
E quero que fiques
Eternamente.

O AMOR É UMA PALAVRA DE QUATRO LETRAS
Marcelo Frota

Ato I

O amor
É uma palavra
De quatro letras

Duas vogais
Outras duas consoantes

Fora de ordem
São apenas letras
Ao inverso

É Roma

Cidade do amor
De jovens amantes
Velhos casais

Velhas ruas de pedra
Novas paixões em italiano
Francês e tailandês

Roma é amor ao avesso
O amor
É uma palavra de quatro letras.

Ato II

"Eu te amo"
Digo em voz alta
Para mim mesmo

Não que pudesse
Dizer para ti
Pois aqui não estás

Aqui nunca estiveste

Ainda assim
Entre um cigarro e um gole
De uísque barato

Entre uma canção e outra
De Serge & Jane
Ou Serge sozinho

Digo em voz alta
Para mim mesmo
"Eu te amo."

Ato III

Noite de *jazz* e cigarros franceses
Algumas doses de conhaque
Entre vinho e vodca

Amar na solitária vastidão urbana é um ato revolucionário
É como rememorar um discurso de *El Che* e querer
Derrubar esse sistema que oprime e aterroriza

Amar no desespero do desejo não consumado
É ler *Romeu e Julieta* e desejar decepar as mãos de Shakespeare
Por escrever tal amor irracional, amor irreal

Amor, essa maldita palavra de quatro letras
Mais fortes que os tanques, que o ódio dos generais
Sentimento que impulsiona o mais utópico dos ideais

Amor louco, desvairado vadio das noites de chuva
Noites de garotas molhadas em becos escuros com cigarros úmidos
Entre lábios vermelhos em busca de líquido prazer carnal

Amor louco, vagabundo desvairado das praias desertas
Que testemunham a violência do mar contra rochedos ancestrais e o canto
De um bêbado que entoa Sinatra afinado como Jobim

Imagens difusas se arquitetam nessa noite
De *jazz* e cigarros franceses entre doses de conhaque
Vinho, vodca, devaneios, desamor.

Ato IV

Nunca diga *eu te amo* antes de considerar
Cortar os pulsos
Nunca pronuncie tal frase sem antes preparar
A corda para o enforcamento

O silêncio vem na medida das horas
Nas madrugadas
Nem o vento faz ouvir seu uivo
Nem a chuva bate contra as janelas

Amor, amour, amare, love, lieben, любовь
Em algumas línguas com mais
De quatro letras, porém igual
Alcance de destruição

(Igual, alcance de devastação)

Então nunca
Nunca diga *eu te amo* sem antes
Preparar com cuidado e afeto
A trilha de tijolos amarelos

– para o suicídio.

Ato V

Bebo ao amor
Essa valsa do despertar
Tango do findar

Bebo ao amor
Essa palavra de quatro letras
Avesso do avesso da dor

Amar é ler um livro
Poesia revolucionária em noites
De resoluções utópicas

Amar é ver um filme
De amor do Woody Allen rindo
Das neuroses do dia a dia

Amar é perder-me
Entre arte e desespero na linda
Luz dos seus olhos castanhos

Berrar aos ventos: *amor, amour, amare, love, lieben,* любовь

Lembrar em estase lisérgica
Na serenidade depois do sexo
Entre uma cochilada e outra que

– o amor é uma palavra de quatro letras.

MEMÓRIAS DE DHORES
Marcelo Tecedora

Inicial foi de uma queda,
então, Dhores veio quieta.
Dhores, pergunto-me, por que foi assim?
E assim que Dhores surgiu
se fez parte de mim
e de mim Dhores não saiu.

Dhores cresceu com o tempo
e nesse mesmo tempo,
compreendi que nele ela ficaria
e de nada eu poderia fazer
porque Dhores
se fez parte de mim.

Da convivência, dessa surgiu,
uma unidade entre nós emergiu.
Dhores se mostrou arredia
que me fez perder a alegria
que dia após dia
se fez parte mim.

Como lidar com Dhores
que chegou sem perguntar
se eu preparado estaria
para assim poder te abraçar?

Dhores cresceu em mim
como um grão de feijão no algodão,
de pequena ficou na estória
e agora, somente insônia
nas noites me provoca.

Dhores, pergunto-me, por que foi assim?
Que desse seu jeito
se fez parte de mim.

Poderia ser diferente
mas a experiência não seria a mesma;
morte e vida, consciência,
mais pura de Dhores não há.

É assim que Dhores se mostra
porque se fez parte de mim.
E dessa unidade que surgiu entre nós
Dhores chegou, ficou e me amou,
e no corpo vulnerável que hoje sou
Dhores assim do seu jeito,
no silêncio da minh'alma se hospedou.

HAIKAI
Marcelo Tecedora

Não há de ser mais dois
agora que da mesma carne
somos apenas um.

Borboletas imaginárias
se excitam quando
as carícias se encontram.

Dedilhar seu corpo
me faz compor
a música desta noite.

QUANDO EU CONHECI A SAUDADE
Salete Laurentino

Um dia,
Sem mesmo conhecer o amor
Eu conheci a saudade
Saudade de um sentimento
Que eu não sentia,
Saudade de alguém
Que eu não conhecia.
Um dia,
Veio você
E veio o amor.
Um dia,
Você se foi,
Ficou o amor
E também a saudade
Este sentimento
Que eu já conhecia.

FANTASIA
Salete Laurentino

Vou fantasiar-me
Com as cores do arco-íris,
Desenhar o céu
Por dentro de mim,
Brincar com as ondas
Que agitam meu peito,
Construir castelos
De sonhos dourados;
Vou subir montanhas
E teu nome gritar;
Atravessar os mares
E em todos os lugares
Vou te procurar.
Vou fazer de tudo,
Até o impossível,
Mas vou te encontrar.
E aí,
Serás meu rei,
Meu senhor e deus
E para sempre,
Hei de te adorar!

LUA
Salete Laurentino

É grande o poder da Lua,
Que brilha e ilumina a Terra,
Embriagando um coração que encerra
Um canto triste de solidão.

Da natureza é a exaltação,
Mostrando aos homens a sua beleza,
Dizendo ao mundo da sua grandeza,
Que o homem que odeia nunca entenderá.

É bela de noite, quando se extasia,
Jogando o seu charme nas ondas do mar,
Seu brilho discreto, fazendo sonhar.

Faceira, manhosa, com encanto e magia.
Ela diz que existe mesmo sendo dia,
Fazendo de tudo para o Sol conquistar.

SONHO
Mateus Martins

em sonho és minha heroína
companheira e doce amada
que me chegas na madrugada
e te vais quando a noite termina

te sonhei, linda menina,
que eras minha namorada,
mas tudo se perdeu com a alvorada,

como se tudo fosse apenas neblina
em sonho, linda te vejo
e te acaricio, e te abraço,
e num momento te beijo,

e não sei mais o que faço.
sinto muito grande o desejo,
mas este sonho faltou um pedaço!

POEMA II
Mateus Martins

me perder
nas crateras
da lua
gritar
seu nome
no vácuo
até você
encher
minha boca
de ar

POEMA III
Mateus Martins

corri pra te alcançar,
ca
   í
virei cambalhotas
rolei estrada fora...
na frente
iam meus passos
apressados,
atrás,
meu coração
em minhas mãos!

POEMA IV
Mateus Martins

uma viagem instantânea:
descer do seu pensamento
para o seu coração

DE RASPÃO
Mel Abib

Obrigada pelo tiro
Você costumava ser bom de mira
Este saiu pela culatra
Pena que só te pegou de raspão
E o Amor continua vivo
Como sempre preferi as armas de fogo
Quando eu incendiar
Aquele monte de justificativas
Secas e esfarrapadas que você deixou
Vou usar o clarão para ler
Nossas memórias póstumas.

DUPLO SENTIDO
(PODE SER LIDO DO FINAL AO INÍCIO)

Mel Abib

Estou partindo
Sem deixar-te
Ainda não estou pronta
Quero ficar em ti
Me ajuda a despedir de nós
Liberta-me da prisão
Dos teus olhos profundos e tristes
Dos teus braços quentes e frouxos
Do teu cheiro e som estrangeiros
Não esqueço
Fica, se te interessa
Meus dias são mornos
Sem a tua presença
Já não sei
Quero me congelar
E esperar o dia
Que eu possa voltar
Ou te sentir aqui
Ou me sentir em mim.

POR PURO PRAZER
Mel Abib

Ensina-me como estar com você
Não por amor, mas só por prazer.
Como você gosta de dizer,
por pura diversão.
Como você faz para nadar tão fundo sem afogar seu coração?
Porque eu nunca aprendi.
Foram tantas vezes
E mesmo assim repeti.
Sentimento é bicho sorrateiro
Feito mamba-negra que pica
Fingindo estar a passeio
Mas antes de matar
Encara, dança, enfeitiça
E te faz concordar
Eu só queria te beijar sem me envolver.
Sentir teu cheiro e não me perder.
Usar teu corpo para me sentir.
E depois simplesmente sair.
Acho que dessa vez também não vai ser não
Já sinto o veneno correndo em minhas veias
Dilatando meu coração
E vou chegando mais uma vez
À mesma ofuscante conclusão
De que pelo jeito
Não será nessa vida
Que vou conseguir cicatrizar
Essa bela ferida.

NÓS
Mel Abib

Por quanto tempo nós vamos durar?
Pelo tempo que nós duram até virarem laços.
E por quanto tempo duram os laços?
Até restar somente nós.

ENTRE O METAL E O CONCRETO
Pamella de Paula

— Lá vem o trem! — anuncia o fiscal.
Vem em meio à fumaça,
traz consigo a esperança, a notícia, a bem-aventurança.
Chegam também os olhos que se foram,
os que nunca se viram e os experientes, que agora já não são mais de criança.
Com o olhar, vêm o espírito, a força e a saudade de um passado trilhado.
Na estação, espera-se a chegada.
Mãos, braços, corpos ansiosos aguardam o desembarque.
O apito soa, a velocidade dos motores diminui
e a dos corações aumenta de maneira incontrolável.
— Lá vem o trem! — grita a voz alegre de um alguém.
Ah, e ele vem!
Mas do outro lado, às costas daqueles que esperam, ouve-se:
— Lá vai o trem! — um lamento percebido na voz chorosa de um outrem.
Com ele, se vão os quereres, a paz
e os pensamentos daqueles que se olham pelas janelas dessa locomotiva.
Ao longo de toda a plataforma há um sem fim de vozes e trocas emotivas.

— Lá vai o trem! — grita o carregador, jogando a última mala no compartimento.
Um casal se vê, se enxerga em meio às vistas nubladas, pesadas de muitas lágrimas derramadas com total desprendimento.
Sem que haja palavras, no silêncio compartilhado, eles se deixam.
O sinal dispara, os motores aquecem e os corações se contraem.
Os passos se apressam e os amantes resistem.
Um beijo na mão, um suspiro, um último sopro:
— Já vai o trem, meu amor... — se despede uma voz que nunca foi ouvida;
o apito final soou.
Entre o metal e o concreto, só a fumaça restou.

— Lá vem o trem! — anuncia o fiscal.

ESSENCIAL
Daniel Rocumback

Como uma flor que busca o sol
Também te busco
Uma onda que beija delicadamente a areia
Faceira como as folhas a dançar nas copas
Radiante como o brilho do sol em um espelho d'água
Suave como a brisa e impetuoso como a cachoeira
Ávido por chuva como terra seca sou eu à sua espera
O raio que assusta é o mesmo que antecede a chuva que acalma
Como a natureza violenta e bela
Antagônica e ainda assim tão complementar
A coerência e paixão são como óleo e água
Gotas de chuva refletindo a luz
Forças opostas resultando em um espetáculo
Eclipse, único e raro
Estrelas a recolherem desejos
Confidente dos amantes é a lua
Lanço-me a seu encontro como pássaros que migram
Transformo-me e renovo-me, casulo
Crio teias para te prender perto a mim
Liberto-te, pois não posso te conter.

RITUAL
Daniel Rocumback

Papel de carta e perfume
Deixe que eu me acostume
Rosas e caixas de bombons
Quero você em todos os tons
Jantar à luz de velas
Esqueça todas elas
Olhares, diga que me ama
Pétalas de rosas sobre a cama
Sempre espero por um telefonema
Me leve ao cinema
Dedique-me uma música romântica
Mude de semântica
Mantenha-me entretida
Beijos e despedida.

O QUE É O AMOR
Roberto Silva

Logo vejo e pergunto,
O que é Amor?
Será que sinto?
Ou será apenas a Dor?

Quando paro, eu penso,
Amor perdoa?
Amor trai?
Essa é a voz que me ecoa.

Quando era jovem,
O amor era apenas belo.
Hoje, mais tarde,
É algo que não posso ter.

Será que era amor?
Quando conversávamos,
Dividíamos os mesmos pensamentos.
Do mesmo lado sentávamos.

Mas talvez tenha errado.
Em amar demais.
Ou apenas seja você,
Que não tem ideia do que faz.

Éramos apaixonados um pelo outro.
Dividíamos o céu que olhávamos.
Mas um dia eu errei,
E juntos já não estávamos.
Sentiria falta de estar ao seu lado.
Talvez sentir seu cheiro.
Mas agora o que bate é a saudade,
Que passa ao meu lado ligeiro.

Pode parecer maldade,
Mas talvez não tenha sido amor,
Talvez estar ao meu lado,
Tenha trazido apenas um pouco de rancor.

Mas ainda irei lembrar de estar com você
Do tempo que éramos felizes.
Ou apenas fingíamos.
Sendo apenas aprendizes.

Quando paro, eu penso,
Amor perdoa?
Amor trai?
Essa é a voz que me ecoa.

Mas mesmo estando ao seu lado,
Só tenho que fazer um clamor.
Para que um dia eu possa enfim entender
O que é o amor?

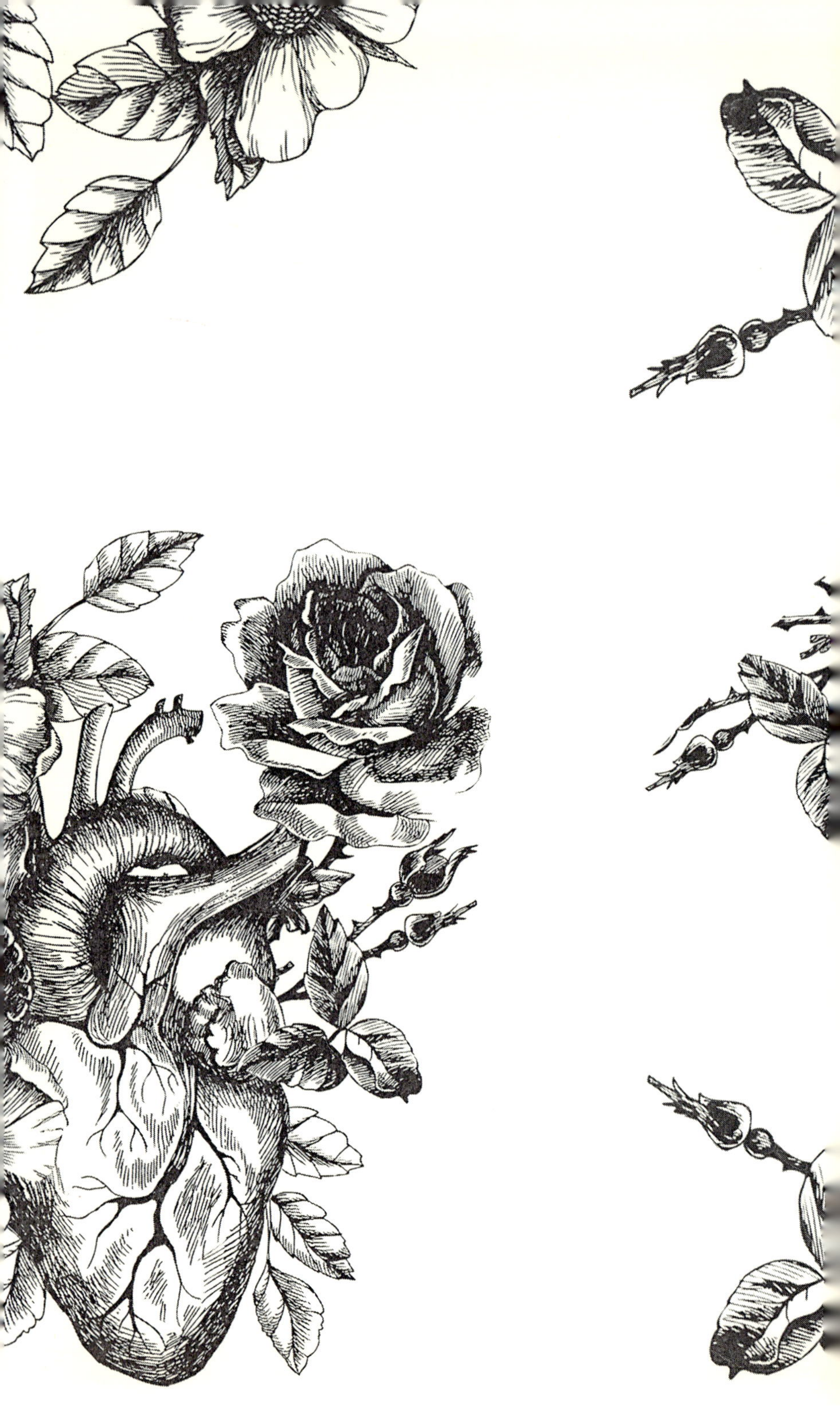